JN311516

北窓集

柏崎驍二歌集

短歌研究社

北窓集＊目次

平成二十六年

北窓集

装画（エッチング）
戸村茂樹「森の肖像Ⅳ」
一九九三年

平成二十二年

栖

風ありて雪のおもてをとぶ雪のさりさりと妻が林檎を剝けり

うごかずに枝に止まれる鶫を掠めて斜にみぞれは降れり

雪のなほ降りつぐ夜なり赤き裂《きれ》に妻のつくれるはたきが匂ふ

繰りかへし栖《すみか》と人を論じたり執心離《さ》りがたかりし長明

ものを深く観る眼はさあれそれのみによき生《よ》がもたらさるとも言へず

小さなる家に住まへるわれらにて思ふこと凡そおほらかならず

歌載るを待つ人らゐて週ごとのわが仕事ありき二十三年

九十九歳視力おとろへなほ詠める菊池謙さん代筆の歌

身内なる九人にて食事せしのみの娘の婚なりきひとつき過ぎぬ

子の居らずなりたる居間にとりいでて妻の飾れるちさき薩摩雛

こぞり咲く梅のうへ翔び四十雀が巣箱にかよふ季節となりぬ

軽やかなものにはあらず羽搏《はた》きてのぼる雲雀はしばしばも沈む

乞食の僧足早にみちゆきてひかる天人唐草の瑠璃

閑谷学校・室津

梅咲ける苑のみち来てあふぎたり閑谷《しづたに》学校の瓦葺く門

石塀を壮麗堅固にめぐらせり岡山藩の庶人の黌宇《くわうう》

幹黒くいまだ芽吹かず孔子廟にのぼる左右の楷の古木は

論語読むこゑこもごもに響きけむほの暗く高き講堂の内

飲室の規律なるらし石の炉に刻める「炭火之外不許薪火」

御津、　室津したしき名なり椿咲き梅のけぶれる坂くだりゆく

上の家下の家ある坂のみち海のひかりが崖《きし》を照らせり

小豆島烟りて見ゆる春の海をいかなご漁の船戻りくる

地の狭きゆゑに隣家と壁寄せて建つ家々が路地に向きあふ

吊り下げ式二重戸をもて備へたり豪商「魚屋」の這入り潜り戸

息

熊のゐる山にて採りし竹の子の白きあはれのものを賜びたり

くわんざうもぎしぎしも梅雨に茂りつつみちのくはいまみちのくの息

透きとほるうぐひすかぐらの実を食べて道を逸れたる七月の森

郭公がこだましてをり包丁をもて時鳥に殺されし鳥

殺したる蛇が簣《あじか》に何荷《なんが》ともなくありしとぞ怖し遠野は

水の辺に折り来しえごのひと枝の花散りやすし朝の机に

妹が見し楝の花をわれも見たし淡むらさきをつらぬる小花

口を出でし嘆きの霧のたちわたりたる大野山いまだわが見ず

おのづからわれを離れて霧となる息嘯《おきそ》の息のごとく詠みたし

梅雨の日の玄関に咲くアスチルベ名を忘れずと妻が言ふ花

四十雀の巣箱を掛けて三十年巣立ちたる雛二百にちかし

双眼鏡もちて窓辺に立つわれに不機嫌のこゑをあぐる鴨

歌詠まず脚伸べゐたりぼんやりの時間貴重と辰濃氏言ひき

生きの励みにかぼちやの花を揚ぐるとぞその後歌なき安立スハル

裏側の見えざる丘の草斜面を攀ぢゆくごとく七十《ななそ》ちかづく

「蜩《ひぐらし》運送」と書くトラックがまへを走るその日暮しといふことなのか

雨すこし落ちくる日暮れ田沢湖の水荒れざまに岸に波だつ

この湖に絶滅したるクニマスを友と語りて暮るる岸行く

叺

カンバスを提げたる女二人来て日差し強まる昼の牡丹園

薬剤を浴びたる蜂が巣より落ちくきやかに散る朝のベランダ

従兄の喪に被りたる白布を首に結はへてけふ山女釣る

色つよく薊は咲けり冷泉の湯を浴びきたる七時雨山《ななしぐれやま》

ケイタイもパソコンもファックスも無いんでしょ、この人は言ひ笑みを浮べつ

暫くは忘れてをりし漢字なりさうだかますだじつと「叺」見る

ひまつぶしと誤読せりけりひつまぶしといふものをわが知らざるなれば

窓あけて仕事する部屋昏れづきて友の置きゆきしバジリコ匂ふ

当初わが嫌ひたる名のひとめぼれ・あきたこまちに慣れていま食ふ

妻の植ゑし藍草《あゐぐさ》の穂のたちそろひ庭秋づけりわが北の窓

全国高校生短歌大会

城跡を行きて三行の歌を書く「まねる」はいつも「まなぶ」のはじめ

歌に勝ち泣く子、敗れて泣ける子よいにしへもかかることのありにし

御風旧宅

秋の陽は路上に照りて御風宅雁木の門の下を暗くす

敷石を踏みゆくはひり鳳仙花ひとつ残れり御風旧宅

御風宛毛筆書簡、宮肇若き日の文字なみだぐましく

軸二本並べて吊らる五《い》十《そ》六《ろく》の靭《つよ》き文字御風のやはらかき文字

てのひらに載すれば撓ふ石のあり蒟蒻石といふとぞあはれ

紺青に晴れわたりたる秋の空、フォッサ・マグナは深い溝の意

寺泊の歌会の部屋にわれら見きぼろんぼろんと海に没る日を

疎かに生きゐるならね生活の真に下りゆく歌詠みがたし

五十にして行く末見えぬ芸ごとは捨つべしと言へり第百五十一段

三か月ベッドを離れ得ざるとぞ葉書かなしも自然派のひと

小晦日

霜凍り模様をつくる硝子戸に八手の青く映りゐる朝

老人が消費をしなくなりしとぞ南天の赤き実に雪が散る

わがまへを行く人らふと消えやすし雪降りしきり暮れゆく街路

真直ぐなる生は誰にもあらぬもの雪原を行きし人の足跡

小晦日《こつごもり》こよなく晴れて百日紅の白き木膚の笑へるごとし

融雪の剤撒くひとが種を撒くごとくに行けり今日晴るる路地

歌を思ふこころに少しづつの差異あるなれど今日は今日の歌書く

平成二十三年

冬至梅

冬至梅の青き小枝を壜に挿しまだ寒きあさの机に坐る

早池峰のけさ曇りたりタイマグラに行かむと妻と越えにける山

杉山の奥の社に湧く水をふふめば身ぬちいはばしりたり

雪まじる土を均せる工事場のわき過ぎてぬくき日差しとおもふ

家を忘れたる老人を送りきて庭べの梅のひと枝もらふ

わが若く教へ教師となりし子が定年となる春のさびしさ

沼岸に吹き寄せられしはなびらが皺ばめり亀の鳴きさうな昼

歩くことはもの思ふこと馬淵川の岸をあるきし三浦哲郎

黒き材積まれて細き雨降れり緑風荘の火災の跡地

火のあがる緑風荘より逃げいづる座敷童子を人見しといふ

海境

間をおきてゆふべも夜もくる地震に蠟燭の炎も我らもゆらぐ

おおこんな空だつたのだ停電の夜の空冴えて見えわたる星

頭上ゆく救援ヘリがことことと曇りの空を掻き混ぜてゐる

二百円のものを十品まで買へる屋外売場に娘と並ぶ

金野さんの行方が判らないことを友の言ひきて三日目となる

声あげて避難を指示しをりしとぞその後のことを知る人は無く

ポストも流されたれば人に託すとぞ
夫の死のことを記せる葉書なりビニール袋に包まれてあり

孫つれて精一杯に逃げしとぞ夫の遺体は見つかりしとぞ

梅のはな咲きはじめたる三陸に砂まみれ瓦礫まみれの人ら

郷里三陸町吉浜

防潮堤越えくる波に梁塵のうごきて堪へしわれの古家

わが従兄なんぞ長閑けき壊れたる屋根にブルーのシートを掛けて

「荒れはでだ浜の様子だが見どぐべし」我らがつかふ勧誘の「べし」

「潮かをる北の浜辺の」啄木の碑をめぐり去りし泥波の跡

わが家を避難所に借りて住む人がこまごまと取る庭の春草

海を見ぬ日のなく暮らし来し叔母が津波ののちに衰へて逝く

岩の下に差しのべし手におのづから鮑ひとつが載りしと言ひき

流されて家なき人も弔ひに来りて旧の住所を書けり

山並の海に落ち込むいささかのたひらに寄りてわれら住みなす

此処がいい此処に住みたいとなほ言へり住み着くといふいのちの力

逃れ得ぬ風土のありてこの川に戻りくる南部鼻曲がり鮭

油菜の咲きて雲雀のこゑすれど避難所の人ら坐《ねま》りて暮らす

ぎしぎしの穂

歌を詠む若きひとらと来てあふぐ百合樹の花のうすみどりいろ

このあたり足軽長屋のありにける上田組丁つゆくさ咲けり

絵の道具積みてきたれどまへうしろ雁字搦めの峡の深緑

木地を挽く轆轤の音のぎしぎしの褐色の穂に夕日差し込む

百日紅のはなに風たつ暑き昼またおもふ海にながれし友を

てんでんこ逃げろど言ふがばあさんを助けべど家さ馳せだ子もゐだ

黒き波を泳ぎし友にあらずやと思ひゐたれど水撒きに出づ

嘆きあひてゐる間に夏の過ぎゆくか草庭にオンブバッタの殖えつ

草踏めば親にとりつく子らのごとわが裾に付くちぢみざさの実

秋日照る林の岸のみむらさきうつくしければ帽脱ぎて見つ

缶詰をこきこきこき切ればしづけさよ虫の鳴かなくなりたる真昼

歌を見ずなりたる日より艫綱を放ちしごとくその人とほし

今日とどく宮古の津波写真集現実はかく過去となりゆく

食用菊〈もってのほか〉に酢をふれば秋の気配がつーんと深し

道に立つ老女が杖を指して言ふ「ほれ、うづぐす山だ、雲ひとづもね」

あさがほの紺うつくしくひらく秋、とほき軌道を巡る〈あかつき〉

杜鵑草の乱れし花を素描して今年の雪を待つごとき日よ

塀のうへの鴉が銜へたるものは植木を縛る綱の切れ端

天深《そら》くなりてひがしにながれゆく今年の雲はみな死者の雲

家を去る

防潮堤も松の林もなくなりてかびろく村は海に向きをり

ときをりは風に浮きつつ海猫が河口の砂洲に集まりゐたり

岸壁の下にただよふほんだはらほんに敢へなく逝きし友はも

津波後の村に移りて住むといふ人ありてわが古家を継ぐ

柿の木もいちじくの木もよろこべよ若き二人の住む家となる

風呂の火が燃えにくしとぞ弟が煙らせてをり明日は去る家

大ぎ波がまだ来るごどを忘れんな、おつとごろくとごろくとほつほ

庭椿の青い蕾もいちじくの黒ずめる実もさやうなら、さやうなら

山茶花の蕾める枝をさはに切り自動車に積む日の暮れの村

日照雨の里

「神楽の里」看板のたつ集落は稲刈り終へて日照雨ふる

壁を這ふ亀虫いくつ処理をしてまたぎの里に雨の夜眠る

家裏の様子も茂る草も見る佐々木喜善の生家なるゆゑ

川の洲に拾ひこし石小蛙のかたちに凹む背に箸をおく

叔父村上圭吾死す

中津川に落葉ながれて雨降る日息乏しかる人の辺にをり

日の当たるごとくに思ひ出すことのあるのか不意にとほき過去言ふ

杖持たせ草鞋を履かせたる人をエレベーターにて降ろす一階

薄ら日のなかを散りくる雪ひらは地にしづむとき見さだめがたし

何年も見て来しおもひ街路灯の下に昏れづく雪の白さは

木綿垂《ゆふしで》のごとく羽振りて白鳥が一羽行きたり白き冬空

草のうへほどろほどろに降る雪のほどなくわれは七十路となる

孫村上晴真生まる

冬の星空の奥処に見ゆる夜半生まれたる子の拳ちひさし

榁山の榁の木下のどんぐりぞ毛糸の帽をかむれる赤子

足裏の白くちひさし父のごと祖父のごと山に松茸採るか

人多く海にながれしこの年に生まれたる子よ眠りつつ笑む

腹のいろ赤き魚の魴鮄《はうぼう》を妻は煮てをり夜の風荒るる

撃たれたる熊に放射性セシウムの検出されて年の瀬となる

みちのくのいつしばはらのいつまでといふことのなき福島の苦ぞ

さかさことば

〈蛤〉の筋目模様のうつくしさされどわれらが日々の〈ぐりはま〉

〈桷《ずみ》〉の木に白き小花の咲きたれど梅雨どきのこの丘に人〈見ず〉

〈はやて〉号速度落し〈てやは〉らかに柳あをめる駅に入りくる

大いなる〈津波〉の後も植ゑられて早苗の緑そよぐ〈みなつ〉き

震災のふるさとの空に浮く〈鳶〉を立ちて仰ぎつ旅〈びと〉のごと

平成二十四年

椿の実

祝ふべきことあらなくに歳越えて水木の枝に赤み増しくる

注連飾かざらぬ家の多くして逝きし二万のいのちを悼む

今日来たる娘も噛みて笑ふかな秋田産この海鼠の固さ

小雪散り三月近し嵩上げや盛り土《ど》のことば耳に慣れつつ

釜石市一名大船渡市一名津波より三三六日目の死者

津波後の村に拾ひし椿の実の黒褐ひかる夜の机に

三陸の海のひかりを知るならむ鈍く光れる椿の黒実

椿の実の笛をつくりて鋭き音にわれら吹きにき海に向かひて

津波にて逝きし息子のこと言はず孫のこと言ふ人と別れ来

朝の餉に布海苔を吸へば匂ひたつ過疎三陸に人の摘みしもの

鷗外

鷗外の容貌を思ひその文に擬態語擬声語の少なきを思ふ

邪気なくて妻を揶揄せしあるときの父鷗外を杏奴は書けり

杏奴にはおそらく多いオノマトペ「しとしとといふ車夫の足音」

守らむの「む」を「牛鳴」と表記せり万葉のころ牛は「む」と鳴く

病みびとのやうな名なれど戯れ歌も詠みたり長忌寸意吉麻呂《ながのいみきおきまろ》

「花残酒亦残」職去りし楽天は老いのこころを嘆ず

「明日が待つ楽しき明日」と詠む歌あり馬場正子さんその人故人

『乳鏡』も『蟬』も戦後の生活を詠めり夕映えに向くさびしさに

馬の蹄をなぜ洗ふのかお聞きせしことあり先生の声若かりき

手にとればめうがの花のはなあかり安立スハル氏の古き葉書は

一山

古き門入りてきたれば山鳩の啼き一山《いつさん》を邃《おくぶか》くせり

僧に乞ひ撞きたる鐘が三井寺の梅咲きのこる山に響動めり

春寒き比叡の社の階《きざはし》にわが脱ぎし靴を人は直しつ

梛の木は吉事《よごと》の木とぞ日吉《ひえ》神社社殿の庭の夕映えに立つ

福島に父をおき来し兄弟

兄の碁の相手しやれば弟が将棋箱もちかたはらに立つ

山鳩は今日もこもれり翌檜と山桜の木のあるあたりなり

小机を窓辺に出して校正をしてゐる妻に杜鵑啼く

七月一日、閏秒あり

朝八時五十九分六十秒、葉末したたる露の一秒

雨のあどのはだげさなんぼでも落ぢで土に汚れでゐだ桐の花

ひぃーよひぃーよひぃーよひぃーよ息継がずときに十回も啼ける鵯

被災地の高校生のために書く小文にこころ抑へがたき夜

土偶の夏

無人駅にてダリア咲くかたはらを海に下りゆくほそき道見ゆ

壊れたる堤防などは見ゆれども堅固に青し北三陸の崖《きし》

百日紅の花に来てゐる花虻の縞よく見ゆる朝のベランダ

ヘルメット被りて屋根の雲に立つルネ・マグリット風の職人

盆花といふ地名にて昼のみちを行く人のなく刈草にほふ

露天湯の縁に坐したる老人が日にひかる蟻を突如叩きつ

紫蘇の葉より跳ねたる刹那すがた消ゆおんぶばつたの尖れる緑

草なかに立ちてそよがぬあかままの穂のあからひくひぐれの暑さ

手に包み抛りし蜘蛛は音のなし血の池までの闇を堕ちしや

貧の相、苦の影のなき土偶たち岩手縄文の地層より出て

入墨のギザギザの線を顔に彫る一体は何のしるしの土偶

下腹部の膨らむ女性ひとがたの素焼土偶に欠損おほし

両手ひろげ立つ土偶たちしたしけれいにしへびとに我があらなくに

ほうほうと呼ぶ口をせる土偶たちこの丘に合歓の花ひらく夏

夏柑を食ひつつ妻はたきつせのさはさはとして郷国を恋ふ

ことがらは記されしままに遺るもの元輔の落馬、人ら笑ふこゑ

歌にせよ絵にせよ合はせものをして勝ち敗けのことに執着せりき

温厚の李義府なれども権に就き「笑裏蔵刀」の人になりしとぞ

敵を討つに際し外面を柔にする『三十六計』第十に言へり

列車来ぬ踏切なれど停止して左右の蓬草などを見る

浸水の路ゆるやかに行くわれを待ちゐる対向の車一台

津波後を耐へて暮らせる人らなれ今日の歌会にたづさへて来つ

小窓あけ朝顔を見るといふ歌あり仮設住宅に住む人なりや

表現の技法以前のこととしてよき歌を生む作者のなにか

歌の作者を知るゆゑ配慮あるらしき批評も聴きぬ被災地の歌会

越後堀之内

くれなゐはなんぞ恋しき墓のみちの犬蓼の花溝蕎麦の花

宮林墓苑はだらに夕日差し冬待つごとき青苔のいろ

花すぎし十三本の彼岸花、墓にむかひて青茎たわむ

細き葉のしみに茂れる雪椿を手もて分くれば堅き音たつ

わがやまひ長くなりたりと書きし歌、文字乱るるを泥みつつ読む

魚野川川洲に鷺の一羽ゐて先生のゐない越後堀之内

魚野川と破間川の合ふところ広き川洲を過ぎし日照雨

水嵩のこの秋低き魚野川の川波見つつわれら寂しも

北辺行

鴻之舞

道の辺は林となりぬ昭和十五年一万六千人の金山の町

父母の生活したる鉱山《やま》の町の青焼地図を妻はたづさふ

喜楽町、元町、旧き地区名をしるすプレートの立つ林みち

「鴻之舞金山跡」の碑に近くそれより大き慰霊の碑あり

網走天都山

一隅に宮柊二歌碑据ゑらるる屋上を若き人ら行きかふ

網走湖と能取湖とふたつ見えながら網走湖にいま夕日かがやく

原生花園

浜独活の枯れがれの実も玫瑰も風に吹かれてゐたる砂丘

迫りくる白波に向き竿立てて鮭釣る人ら河口のあたり

棉の枝

ブレーキの軋みて停車せし駅は白く日当たる刈田のほとり

小楢の実えびすぐさの種、木も草も種子はしづかなかがやきをもつ

葉を脱ぎし林あかるし地方都市の行方はなにも見えないけれど

牧場のみちのほとりに雉鳩の五六羽をりて草に日が差す

日の当たる枯草に一羽ゐる鳥の目立たぬ歌をわれは作らう

ミズの実の黒き瘤実をこくこくと嚙めば刻々にふかむ秋の日

「山月記」を声にわが読み生徒らのしづかなる秋の日のありしこと

なほざりとおざなりは似る言葉ゆゑときに調べてのちに忘るる

集まりてわが部屋に語ることもなし蛮カラの子ら四十となりぬ

ビニール傘が躑躅の垣に乗つかつて時雨ののちの公園昏るる

白鳥や鴨にまじれる黒き鳥鷭《ばん》がはじめに昏るる沼の面

もの呉れぬ我を離るる白鳥のゴム製のごとき黒き水掻き

除雪車の黄なる点滅灯すぎてなにかむなしきまひるの白さ

赤き魚なれどノドグロといふ名なりもの言はば悪しきこと言ひさうな

雪を被り帰りし妻は売花として切られたる棉の枝もつ

平成二十五年

春の鶯

家流され船失ひしわが友らひと夜つどひて歌ふカラオケ

ローン終りたる家に萩の花咲くと詠みにし友の亡く家もなし

負ぶはれて逃れたれども負ぶひくれし人を誰とも覚えずと言ひき

雪どけのみちのむかうの春靄のぼんやりとせるわがものおもひ

東北がこのままでいい訳がないどつどどどうどなにか吹き荒れよ

日がながくなりしと思ふ明るさにびいーんびいーんと啼いてゐる鶸

隣家のバケツが庭に飛ばされて来てをり梅の蕾ふくらむ

カーテンをすこし開きてスケッチす朝まだき東京の暗き建物

朝の日にビル壁面のあかるめど舗道はいまだ谷なす暗さ

人の居ぬ昼の美術館に坐りをり長谷川潔の絵葉書買ひて

わがまへを二羽よぎりたる春の鷽《うそ》ふいっふいっと啼きいのちをともす

貧も苦も考へやうさ畑の辺に通草の花のむらさき垂るる

毛無森といふ地名なれ春山の茂りて郭公も山鳩も啼く

丁ど打ちかかるごとくに畑打ちて男をりたる春の山の辺

雛の死

近き家に少年の葬ある日なり雨が音なく巣箱を濡らす

鳥さわぐ声聞きたるはあけがたか雛の十羽の朝の死を見つ

山椒の木下を掘りて雛を埋めその土に置く桜草の花

人の前に話す仕事のある日なり雛埋めて朝のこころ慎む

鹿踊りのささらの垂紙《しで》にさらさらと吹く風ありてみちのくの梅雨

ライラックの小ぶりの花が雨に咲けり啄木新婚の家の裏みち

郭公の啼きて去りたる電線が声の余韻のごとく揺れゐる

湿り地に出てゐし大き蝸牛を草に移して行く朝のみち

刈草に日は薄くして山鳩はきのふとちがふ方角に啼く

モニターに見てゐますからと技師言へり地階の暗き一室に臥す

骨髄に針打たれをりこの部屋は夏の砂浜のやうにあかるい

雨の間の風に揺れゐる長芋の蔓に似るわが今日の逡巡

ことば考

小野寛先生「万葉集ことば考」連載終る

「堅香子」と詠めるは何の花なるか今後を待つと「ことば考」をはる

堅香子は片栗の古名ならざるか、朧たり花も八十娘子《やそをとめ》らも

第一回は寄生《ほよ》の「かざし」のことなりき三百五十一回の連載をはる

歳月をかけて調ぶる困難もよろこびもわが思ひみるのみ

京王プラザホテル

十九日の朧の月をわれら見る四十七階歌会の部屋に

如何にかもなりゆく歌ぞ助動詞の衰頽しつつ口語いきほふ

粗い歌ではないけれど磨かれた歌とも言へぬわが中砥《なかと》歌

作詞者も作曲者もなく歌はるる五木の子守歌ことばあはれなり

「べらなり」の語法を調べその序《ついで》「遍羅《べら》」を見にけりうつくしき魚

プッチーニ、プッチーニとぞ続けざま啼いた気がする今朝の鶫

啄木の日記を褒むるキーン氏は朗読しつつときに微笑す

腰ややに引きてあゆめるキーン氏よ田の畦をゆく老人のごと

ぢいぢいと我を呼ぶものこの夏の蟬のごとくに背に来て止まる

山鳩のあたま

この苑の大樹に棲める五位鷺の声ひびきくる歌会の部屋に

荒らかに啼きて歌会の邪魔をする五位のくらゐの五位鷺家族

竹山さんにうつくしい枇杷を賜びしこと枇杷の季節となれば悲しも

ま白にぞ韮咲きにけり裏庭に出てものを干す妻の足もと

足音をたてず近づく二歩、三歩、四歩目にして鳴く虫は止む

東屋にけさも来てゐる老人がけさも視界なき山側に坐す

葦群のなかゆくみちの湿り地の沈みがちなる今朝のものおもひ

家人のごとく裏庭に棲む蛙わがものおもふときしきり鳴く

ゆく夏の一夜の雨にくれなゐの房花重くさるすべり垂る

睡蓮の白五つ六つ咲きのこる水にひびきてひぐらし鳴けり

あきづゆとなる雨は降りアンテナにゐる山鳩のあたまちひさし

裏庭にひとなつ居りし蛙鳴かず帰りしやかの鹿蒜《かひる》の山に

鉄五郎の絵にある起伏多き町東和町に来ぬ稲の熟るる日

修造の絵に疲れたる目にて見る駒井哲郎の夢のごとき絵

鷗のこゑ

津波より二年経て来ぬこころ重く訪ひがたかりし釜石の街

若き日に住みたる家の跡にして水漬きし後の青苔のいろ

テニスコートの土を色紙に擦りたるを子ら呉れたりき春の別れに

車停めて立ちたる我を窺へる影あり仮設住宅の窓

製鉄のことを終へたる街にして夜空を染めし鉱滓山《のろやま》もなし

大波の襲ひしビルの壁面の裾に残りたり小屋根のお堂

艦砲の射撃に死にし児童らを祀りたるもの小さきお堂

たたかひの終る日近くここに死にし人らに妻の縁の者あり

昭和二十年七月十四日とぞ記す手を引かれ我が逃げし日ならむ

人少ななる浜町のはづれまで来て聴かざりき鷗のこゑを

横書の「いかせんべい」の看板を「いべんせかい」と読みし友いづこ

土地ややに沈めるところ海にゆく水に浸れる青苔のいろ

俺だぢはどうしたらいい、あかままはくれなゐの穂を向き向きに垂る

防波堤修復の船がクレーンを小さく立てて湾口に見ゆ

沖さ出《で》でながれでつたべ、海山《うみやま》のごどはしかだね、むがすもいまも

壊れたる防潮堤の間に見えて沖すでに昏る夕雲の下

街を去る我の背後についてくる空耳に聴きし鷗のこゑが

幸福とか不幸とかいふ価値観を去らねばならぬ、なあ鷗どり

震災詠集

またも巡る十一日ぞ沼に入り棒突き立てて人を捜せる

建物があらはに透けて残りたり海辺一夜の歌会せし跡

人口の薄くなりゆく三陸の入江くまなく満つる海潮

津波苦のほかなる歌もわが友ら詠むべくなりぬ三度目の秋

震災詠三百余名の歌聚む被災後二年われら詠みし歌

よい歌でなければ遺らずと人言へど我ら詠む被災現実の歌

屋根のうへに摑まり流れゆく父が笑へるやうな顔向けしとぞ

震災詠集校正すれど歌あらず陸前高田の星さん金野さん

波の共《むた》ながれし人を思ひつつ小十郎やブドリの最期を思ふ

アスペルギルス・オリゼ

花は花は花は咲くなど歌ひつつ東北はまたも空しろき冬

津波後の三度目の冬しなやかに林の木々は靡きはじむる

寒ければ身を硬くして行く路上鴉は黒き胡桃を銜ふ

何程のこともせざりき朝雲のうつくしかりし一日が過ぐ

若者の少なきことと廃校とどちらが先といふこともなく

弾丸を韓国に供与するといふ何の力か日本にありて

日本の湿度が好きか日本にのみゐる麹菌アスペルギルス・オリゼ

「血流」とわが思ひしに「血瘤」といふことを医師は言ひしならずや

傷をもつ林檎は傷を癒やすべくたたかひて内に糖を増すとぞ

ひとりゐの昼を倦むとき窓外に鞴《ふいご》のごとく風荒れてゐる

窓の下に四十雀来る雪のあさ今年も残す三日となりぬ

松藻採る春の磯辺の引潮のはや五年なり母逝きしより

平成二十六年

成人講座

寄せかへし渚をあらふ冬波のしづかなれども陸《くが》のきびしさ

被災地の成人講座に集ひ来し人らに我は言葉をえらぶ

榧の木の暗き緑に力あり寡黙に耐へてわれら生くべし

大根の膾に載りてひかるものはららご赤く年あらたまる

病ふかく歌を書き得ぬ人らあり六十二巻に入りし「コスモス」

戦後なる生活を詠みよき歌のありし「コスモス」創刊のころ

標榜とせし「真と新」われらいま深く思はず怠りのごと

生活のともなふ貧を美のごとく詠みましき田谷鋭さん逝きぬ

鯉の歌なども書きある手帳なりき田谷鋭さんはわれに見せしよ

吉野　弘

生徒らといくたびも読みき榛名山のふもとの村にたつ「虹の足」

小高　賢

軒下に凍るつららのつらつらに君を偲ぶも今日葬りの日

孫一が那須にて描きし水彩画「雪雲」を掛く余念のなき絵

官途には恵まれざりしとぞしるす人めも草もと詠みし宗于《むねゆき》

出勤の緊張あらぬ吾となり舗道の朝の靴音を聴く

復旧列車

土削ぎし斜面護りて張りわたす菰にあかるく冬日がうごく

瓦礫積む途を先導してくれし若者ありき三年が過ぐ

母の葬終へて病院に戻りゆく従兄がわれにすこし笑まひつ

太陽は雲にこもりて雪が散りわれら津波のことをおもふ日

みちのくはいづくはあれど福島の浦みに泊つる船はかなしも

よきことを思ひて生きむ傷み負ふ地のうへに死ぬいのちなれども

復旧の列車に大漁旗振れり過疎三陸の海べの人ら

小石浜を恋し浜とぞ呼び換へて人らつどへる今日の小駅

三陸の春もの若布をわれは食べ辛夷の花を鵯の食ぶる日

津波被害の山田の子なりストックを突き立て突き立て頑張つてゐる

ソチ、パラリンピック

大門のはひりに梅の花咲けり津波のなごりある瑞巌寺

頭そろへ丈そろへ立つつくづくしつくらなければ歌はできぬもの

こゑ無けど俠《きやん》のをとめご種とびて庭をちこちに咲きたる菫

下ゆく水

轢かれたる蛇まだ生きて舗装路に桃色の腸《わた》がすこし散らばる

巣の駆除の男二人に集団的自衛権もて蜂湧きあがる

したひやま下ゆく水のうへに出でず武器はいつでも搬ばれてゐる

懲りずまに兵を送りて戦へる国に従きゆき戦ふなかれ

宙に浮きゐる花虻がときをりにぶーんと速し斜に逸れゆく

榛の木を絡み捲きしめたる藤が涼しき花を高みに垂れつ

山住みにテレビももたぬ弟がつくりくれたる竹の靴篦

羚羊の行くことのある墓苑とぞひそやかにして月は照らさむ

亡き母はすがたなきなれ肩の斜め上のあたりに居るときもある

無言にて渡らば安き死があると橋の名いくつ妻が言ひゐる

禿頭に手をおく人が描いてある南部盲《ゑ》暦《ごよみ》今日半夏の日

黒人の羈旅十九首調べつつ思ひは泥む半夏雨の夜

歌書きて五十年過ぐおそらくは私の外のなにかのちから

炉に燃ゆる焰の色を見てをれば山鳩のこゑちかく啼きたり

蝙蝠がはひりて棲むといふ高き梁をあふげば洞なす昏さ

北上の高地越ゆるさ友と見し星よ恒河沙といふほどの星

星の蜘蛛と賢治の言ひし何ならむさわさわとして漠《くら》き星空

寒き夏なれど啼きゐる郭公の幸も不幸もあらざるこの世

東北が寂しいゆゑにアカシアも卯木《うつぎ》も藤の花もさびしい

一日かけ庭師の刈りし枝や葉をゆふべ来りて孫少女掃く

石の面に白く見ゆるは蝶にして夏はいつでもなにかがとほい

高校生たちと三日を過ごしたるなごりの今朝のあさがほの紺

霧の国

二〇一四コスモス全国大会

友らまだ眠れるまだき霧ふかし北上川をふかく被ひて

震災ののち四年目を耐へてゐるみちのくは今朝霧ふかき国

詩歌の森公園晴れて黄葉の銀杏は水のおもてを照らす

刈田より移る雀が越えてゆく「雑草園」青邨旧宅の屋根

わらわらと刈田をうつりゆく影は蝦夷日高見の秋雲の影

今出来ることをすべしと「震災と詩歌」展われら三たび企画す

展示する「震災と詩歌」詩も歌も句のひとつにも死者のものなし

「棧橋」一二〇号にて終刊

壮の我が七十となり「棧橋」に三十年の歳月が過ぐ

萩咲ける北三陸にわが在りて創刊号に稿を送りき

創刊号表紙に刷られ句はしきゆかりさん二十八歳の歌

少数の集団なれどをりをりの辛さは人のことに拘はる

明朗に詠みたる人ら若く逝きぬ岐阜の早川温　長野の湯本直

酒田

橋行けば鷗も啼かず交易に栄えし町の空のかびろさ

屋根尖る倉庫十二棟岸に建つ新井田川朝の曇りをしづむ

古船を曳きあげてある石敷を青く濡らせり朝のしぐれは

二体なる即身仏はうつむけり檀家もたざる寺の一隅

海向寺に黒き即身仏を拝しこころひもじく坂くだり来ぬ

木の実のみ食べ肉身を乾すといふ緩やかに死に移りゆくため

生きながら石窟に入り打つ鉦のその音絶ゆるときが死の時

勿忘草色

朝ごとにわが見る韮の白花のひそやかに逝きし木原昭三氏

雲仙の山見むと行きし日の恋し大野さん木原さんともにいま亡く

復興は緩やかなれど緩やかでいいのだ萩も櫨もいろづく

ほんたうにあかるい月だまなこ剝く飛出の面も出でて見たまへ

かがやきの朝焼け空に無骨なる枝張り出せり冬の胡桃の木

科木《しなのき》も令法《りやうぶ》も梣《ずみ》も幹冷たしひとたび雪の降りたる林

拡幅の路のかたはら松の木に張り渡す栗鼠用ロープ見に来ぬ

啄木が子ら率て立ちし丘しぐる林檎を買ひに来たる渋民

鶯宿の昼の湯に会ひし老人は草のはつかもの言はざりき

わが家の分家にて屋号「塞の神」

津波後も歳月はやしトク叔母死に子ら二人死に家没落す

震災ののち家売りし三陸のわがうぶすなにさすや朝日子

裏山の竹の子に汚染あるを言ひ嘆かひたりし友いま病める

草の実も木の実も浄き糧ならず鳥よ瞋《いか》りて空に交差せよ

窓下に置く餌箱にいのち鋭く突つ込みてくる冬の四十雀

雪翳るゆふべの庭に四十雀がすこし無聊に居るときもある

「きんきんに冷たいですね」採血の看護師が腕をとりて言ひしよ

不親切にならないやうに言ひすぎにならないやうに医師は言ひにき

夜更けて帰る人あり凍結の轍にすべる自動車の音

歳晩にのみ来る包丁研屋にて抱へてきたる葱《ねぶか》の白さ

上の橋・消防屯所・煎餅屋・莫蓙《ござ》九《く》かすめて雪のふる街

雪晴れしゆふべとなりて遠空は勿忘草の青を引き延ふ

あとがき

この土地に家を建てて住みはじめたのが昭和六十年、四十四歳の時である。その数年後に私は地元の新聞に次のような文章を書いている。

書斎というほどでもないが、黒く小さい机ひとつを置いて、休みの日などに気ままに坐っている部屋がある。窓が北側にあって、私は本棚の本を背もたれにして窓の向こうの冬の雲を眺めていたりする。

最近気づいたことだが、そんな時に私の心を占めていることがらは、私の顔の向いている北の方角と大いに関係があるということである。

北側の風景は、葉を落とした冬木、雪に覆われたり黒土があらわれたりする冬の畑、向こう側の道に沿う暗い笹群、左手奥の杉の木立、それに続く雑木林、陰に北上川の青い水が流れているのだが、それは見えない。そしてかなたの山なみ。

このごろ家が立てこんできて、風景は少しずつ遠ざかる。私はその風景を追いかける。私の思いは北へ北へと向かっているようである。

日本の文化は南から北に進んできた。南は進んでいて北は遅れている。南は明るく北は暗い。そんなイメージがある。

だが待てよ。南から来て北を追いこんでいるものは、真に豊かで幸福なものなのか。雪に覆われながら自らの命を守り、私たちの命を支えようとするもの——それがこの葉を落とした冬木や、畑や、水や、笹群や、杉や雑木林だったのではないか。

北の力よ、もう少し耐えよ。その力を南に誇る日がきっとやってくる。

若い時の文章なので今読むと面映ゆい。だが、根底にある私の思いは現在もそう変わっていないように思われる。

この時からおよそ三十年が経過した。二人の子供たちはそれぞれ家を出て独立している。定年退職となった私はこの部屋に坐っていることが多くなったが、窓の風景はすっかり変貌した。住宅に遮られて、冬木も畑も、杉や雑木林も、奥羽の山なみも岩手山も、この一階の部屋からは見えなくなってしまった。

四年前には大地震がありこの部屋も揺れた。沿岸部には津波があり、それに原発破壊が重なった。陸奥はいま辛苦の時を耐えている。人口の減少は沿岸部はもとより内陸部においてもなお進んでいる。「北の力よ、もう少し耐えよ」と言ったが、これはなかなか重苦しく容易ではない。

本集は『百たびの雪』に続く第七歌集であり、四二〇首を収めた。平成二十四年から二十六年まで八回にわたり「短歌研究」に三十首ずつの連載をさせていただいた。本集の震災にかかわる歌はおおかたここに発表したものである。短歌研究社、堀山和子氏にはそのつどお励ましをいただいた。厚くお礼申し上げます。

平成二十七年三月

柏崎驍二

検印
省略

コスモス叢書第一〇七九篇

平成二十七年九月八日 第一刷印刷発行
平成二十八年十二月十一日 第三刷印刷発行

歌集 北《ほく》窓《そう》集《しゆう》

定価 本体二五〇〇円（税別）

著者 柏《かしわ》崎《ざき》驍《きよう》二《じ》

発行者 堀山和子

発行所 短歌研究社
郵便番号一一二—〇〇一三
東京都文京区音羽一—一七—一四 音羽YKビル
電話〇三（三九四四）四八二二・四八三三
振替〇〇一九〇—九—二四三七五番

印刷者 研文社
製本者 牧製本

落丁本・乱丁本はお取替えいたします。本書のコピー、スキャン、デジタル化等の無断複製は著作権法上での例外を除き禁じられています。本書を代行業者等の第三者に依頼してスキャンやデジタル化することはたとえ個人や家庭内の利用でも著作権法違反です。

ISBN 978-4-86272-449-6 C0092 ¥2500E
© Kyouji Kashiwazaki 2015, Printed in Japan

短歌研究社　出版目録

＊価格は本体価格（税別）です。

歌集	孟宗庵の記	前川佐重郎著	四六判	二〇八頁	三〇〇〇円	〒二〇〇円
歌集	草蛙	大下一真著	四六判	二〇八頁	三〇〇〇円	〒二〇〇円
歌集	菱川善夫歌集	菱川善夫著	四六判	二九六頁	三八〇〇円	〒二〇〇円
歌集	ダルメシアンの壺	日置俊次著	四六判	一七六頁	三〇〇〇円	〒二〇〇円
歌集	待たな終末	高橋睦郎著	A5判	二〇八頁	三〇〇〇円	〒二〇〇円
歌集	風のファド	谷岡亜紀著	四六判	一六〇頁	二八〇〇円	〒二〇〇円
歌集	ふくろう	大島史洋著	A5判	二三二頁	三〇〇〇円	〒二〇〇円
歌集	火光	真中朋久著	A5判	二一二頁	三〇〇〇円	〒二〇〇円
歌集	かなしき玩具譚	野口あや子著	四六変型	一五六頁	一八〇〇円	〒二〇〇円
歌集	虚空の橋	内藤明著	A5判	二二〇頁	三〇〇〇円	〒二〇〇円
歌書	若山牧水——その親和力を読む	伊藤一彦著	四六判	二六〇頁	二〇〇〇円	〒二〇〇円
文庫本	大西民子歌集（増補『風の曼陀羅』）	大西民子著		二一六頁	一八〇〇円	〒一〇〇円
文庫本	馬場あき子歌集	馬場あき子著		一七六頁	一二〇〇円	〒一〇〇円
文庫本	島田修二歌集（増補『行路』）	島田修二著		二四八頁	一七一四円	〒一〇〇円
文庫本	塚本邦雄歌集	塚本邦雄著		二〇八頁	一七四八円	〒一〇〇円
文庫本	上田三四二全歌集	上田三四二著		三八四頁	二七一八円	〒一〇〇円
文庫本	春日井建歌集	春日井建著		一九二頁	一九〇〇円	〒一〇〇円
文庫本	佐佐木幸綱歌集	佐佐木幸綱著		二〇八頁	一九〇五円	〒一〇〇円
文庫本	高野公彦歌集	高野公彦著		一九二頁	一九〇五円	〒一〇〇円
文庫本	続馬場あき子歌集	馬場あき子著		一九二頁	一九〇五円	〒一〇〇円
文庫本	前登志夫歌集	前登志夫著		二〇八頁	一九〇五円	〒一〇〇円